Ermanno Cavazzoni

# Morti fortunati

## Slittamento proverbiale

Biblioteca Oplepiana

N. 21

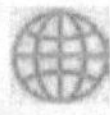 http://www.inriga.it

 info@inriga.it

 https://it-it.facebook.com/inrigaedizioni/

 https://twitter.com/inrigaedizioni

 https://www.linkedin.com/company/in-riga-edizioni-e-literary-agency

# INTRODUZIONE AL METODO

Lo slittamento proverbiale è il modo più rettilineo, economico e meccanizzabile di produrre, da un romanzo noto e in via d'usura o da un romanzo ignoto e ormai senza speranza, un secondo romanzo modernissimo, mai prima udito e passibile di fama inaspettata.

Procurarsi innanzi tutto il romanzo. Meglio per iniziare se il romanzo è celebre, perché c'è speranza di duplicarne il successo. Meglio ancora se è una gloria scolastica, perché c'è speranza di dare nuova materia agli eterni programmi ministeriali, ed aprire nuovi orizzonti etici agli stanchi scolari. La lunghezza non ha importanza, purché ci sia vita bastante per giungere al termine e una certa alacrità di carattere.

Dunque si prende il romanzo, lo si apre alla prima pagina e si trascrive la prima parola che sia un *sostantivo*, un *aggettivo*, un *verbo* o un *avverbio*. Indi si cercherà un proverbio che inizi con quella medesima parola trascritta. Non si terrà conto di articoli, pronomi e altri elementi grammaticali che eventualmente precedano. Il proverbio deve essere attestato nei repertori o comunque attestato da almeno un informatore che viva come indigeno censito all'anagrafe in un territorio linguistico precisabile. Ci si troverà spesso di fronte a due o più proverbi col medesimo inizio; il ricercatore sceglierà a suo arbitrio il più conveniente.

Il *sostantivo*, *aggettivo* o *verbo* che comparirà in fine di ogni proverbio verrà trascritto su un foglio bianco (d'ora in poi FBuR; Foglio Bianco ad uso Romanzo) secondo la successione determinata dal romanzo d'origine (d'ora in poi BNo: Romanzo Naturale di grado Zero, o ur-roman). Si potranno correlare e integrare le parole, così disposte l'una all'altra di seguito, con le parti del discorso mancanti (limitatamente ad articoli, pronomi, preposizioni semplici e articolate, congiunzioni, avverbi e poco altro) in modo da formare frasi grammaticali più o meno sensate, più o meno stilisticamente coerenti, secondo l'ingegno, il libero intuito inventivo e l'erudizione proverbiale del ricercatore.

Si verrà così componendo sul FBuR il secondo testo, o romanzo proverbiale di prima generazione (d'ora in poi BP1).

Potendo disporre di proverbi diversi a partire dal medesimo ur-roman RNo, si potrà dar luogo ad un secondo, ad un terzo, ad un ennesimo romanzo di prima generazione ($RP1^n$), e tutti codesti romanzi artificialmente prodotti saranno tra di loro in rapporto di gemelli omozigoti, formando la classe dei $RP1^{n(om)}$. Tuttavia, e questo è il caso strano dei cloni in letteratura rispetto ai cloni biologici, tali gemelli possono non avere alcun carattere visibile comune, neppure l'estensione in lunghezza, potendosi dare il caso di un $RP1^{1(om)}$ saturo di articoli, congiunzioni e avverbi oltre ogni dire, secondo il modello siano dell'oratoria; mentre ad esempio il gemello $RP1^{2(om)}$ potrà apparire scarno, corto e laconico secondo l'antica idealità atticista; gemello in letteratura non significa perciò analogo.

Ma si può procedere oltre: da ciascuno dei romanzi RP1 potrà nascere con il medesimo metodo dello slittamento (d'ora in poi MeSliP) una nuova classe di romanzi omozigoti $RP2^n$, e così di seguito, secondo l'albero qui sotto disegnato.

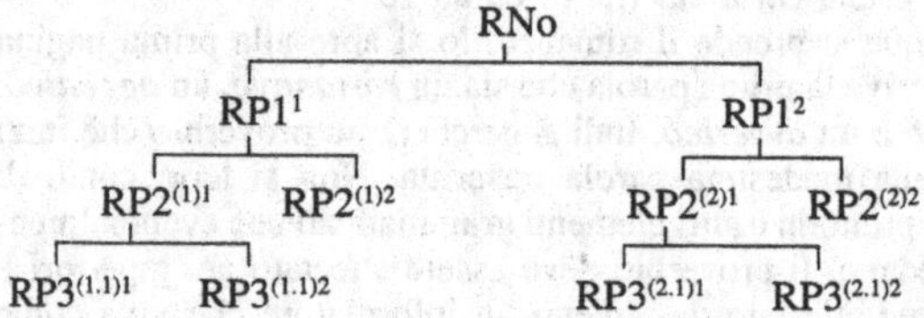


Nel convegno tenuto a Capri nell'ottobre 2000 sulle letterature a costrizione, sezione MeSliP (presieduta dal sottoscritto e con la partecipazione del sottoscritto in qualità di rappresentante dell'uditorio e dei membri, nonché addetto alla lavagna luminosa e ai gessetti colorati), si è tuttavia stabilito che, potendo sempre esistere un corpo proverbiale che da RNo porta direttamente a RP2 o a RP3 e dunque a RPn, senza passare attraverso i gradi intermedi, l'albero deve essere riscritto come segue.

$$[RN] \downarrow RN \uparrow\downarrow RP \rightleftarrows RP$$

Dove RN indica qualsiasi romanzo supposto naturale. Ma in assenza di adeguata documentazione genetica, nulla impedisce di pensare che il romanzo convenzionalmente naturale sia in realtà una filiazione proverbiale da un RP o da un più antico [RN] oggi scomparso. Si deve sempre pensare agli operatori con metodo MeSliP come ad individui infidi, propensi al falso e diligentissimi nel cancellare ogni prova del loro lavoro di slittamento, onde attribuirsi la paternità piena dell'opera, gli onori, i proventi in denaro e i favori sessuali delle credule lettrici.

Ma, è stato detto in quella medesima sede (e io ne sono testimone, non essendo disponibili ancora gli atti), data la immensa gamma di proverbi esistente, e la infinita gamma di proverbi di futura esistenza, deve esistere o esisterà il proverbio P che conduce da un RNa a un RNb, ad esempio da *La Chartreuse de Parme* a *Le Rougé et le Noir*, o in ambito italiano da *Cuore* a *Pinocchio* e viceversa. Le differenze di lunghezza possono sempre essere imputate ad un abbandono anzitempo dell'opera o ad un'aggiunta spuria indice di scarsa moralità. In via teorica ciò significa che ogni romanzo esistente porta per via proverbiale ad ogni altro romanzo esistente in natura, purché si dia sufficiente tempo ad una cultura di produrre l'adeguato corpus proverbiale. E ciò sposta l'attenzione dalle capacità meramente singolari e "inventive" dello slittatore, al grado di vitalità proverbiale di una cultura (per ciò si veda in O. Spengler, *Der Untergang das Sprichwort*, 1929, là dove tratta dell'espansione e declino del proverbio quale sintomo di salute; V,6,47). La formula va perciò modificata nella seguente:

$$RNx.Ti \rightarrow RNy$$

Dove Ti è il fattore Tempo di Incubazione. Da cui si evince che ogni romanzo presunto naturale è o sarà proverbiale.

In questa prospettiva un romanzo può in definitiva (dato un tempo sufficiente di vita umana sul pianeta) ricondurre a se stesso, potendo sempre esistere un tipo di proverbio con la medesima parola all'inizio e alla fine (proverbio speculare), sul tipo dell'attestato "Il diavolo fa le pentole, ma non fa il diavolo". La formula dunque sarà:

$$RNx(MeSliP).Ti = RNx$$

Tale deduzione è di sommo interesse, perché aprendo di fatto uno spazio interno al romanzo con l'apparenza della tautologia, in realtà nega (e non afferma!) il principio di identità, ovvero si dimostra approfondendo la formula precedente che $A \neq A$, nel nostro caso $RNx \neq RNx$; si giungerà così alla formula definitiva che sarà:

$$RNx(MeSliP.P^s).Ti \neq RNx$$

dove $P^s$ indica l'operatore proverbiale di tipo speculare.

Ovvero si dimostra con ciò che ogni romanzo è diverso da se stesso; e per la verità, dato un tempo Ti sufficiente, è ciò che di fatto sempre empiricamente accade ad ogni lettura e accadrà.

Qui di seguito si è proceduto allo Slittamento Proverbiale (MeSliP) sul noto romanzo *I promessi sposi* di Alessandro Manzoni, che ha preso il titolo di *Morti fortunati*, e tratta di alcuni scrittori residenti in una colonia marina dove alternano i bagni e lo scrivere. Qui riportiamo, per esigenze di spazio, solo l'inizio; ma nel seguito, lungo su per giù quanto l'originale, anche se molto più complesso e moderno, codesti scrittori si accorgono tutt'ad un tratto di essere morti da un pezzo (da cui il titolo) e di vivere nell'eterno paradiso. Nonostante tale inizio piano e garbato, il seguito (qui non riportato) si fa incandescente, e la umile vicenda dell'originale di A. Manzoni (dove due fidanzati in preda alla peste bubbonica ossessionano un prete) diventa una sorta di romanzo messianico che sposta la scena sul quarto pianeta di Betelgeuze della costellazione di Orione, con tutti gli imprevisti del caso.

Se nei programmi scolastici di Storia della Letteratura *Morti fortunati* prendesse il posto dei *Promessi sposi*, gli studenti sicuramente ne uscirebbero più reattivi, più affamati e in preda alle ubbìe, e la letteratura sarebbe come una sferzata per i loro cuori indolenti.

Il lavoro di slittamento, iniziato il secolo scorso, nell'ormai lontano 1983, è stato portato a termine da me personalmente nell'anno odierno 2001 con assiduo lavoro quotidiano, con lo spoglio sistematico di 399 repertori proverbiali (qui riportiamo in bibliografia i testi impiegati nel brano stampato) e con la raccolta empirica tra i casolari delle campagne, i borghi sperduti, le paludi salmastre, di migliaia di proverbi allo stato orale, non ancora considerati dagli studiosi, e che presto vedranno la luce in una raccolta dal titolo *I proverbi nelle periferie e nelle forre*.

## I promessi[1] sposi[2]

Quel[3] ramo[4] del lago[5] di Como[6], che volge[7] a mezzogiorno[8], tra due[9] catene[10] non[11] interrotte[12] di monti[13], tutto[14] a seni[15] e a golfi[16], a seconda[17] dello sporgere[18] e del rientrare[19] di quelli, vien[20], quasi[21] a un tratto[22], a ristringersi[23], e a prender[24] corso[25] e figura[26] di fiume[27], tra un promontorio[28] a destra[29], e un'ampia[30] costiera[31] dall'altra[32] parte[33], e il ponte[34], che ivi[35] congiunge[36] le due[37] rive[38], par[39] che renda[40] ancor[41] più[42] sensibile[43] all'occhio[44] questa[45] trasformazione[46], e segni[47] il punto[48] in cui il lago[49] cessa[50], e l'Adda[51] ricomincia[52] per ripigliar[53] poi[54] nome[55] di lago[56] dove[57] le rive[58], allontanandosi[59] di nuovo[60], lascian[61] l'acqua[62] distendersi[63] e rallentarsi[64] in nuovi[65] golfi[66] e in nuovi[67] seni[68]. La costiera[69], formata[70] dal deposito[71] di tre[72] grossi[73] torrenti[74], scende[75] appoggiata[76] a due[77] monti[78] contigui[79], l'uno[80] detto[81] di san Martino[82], l'altro[83], con voce[84] lombarda[85], il Resegone[86], dai molti[87] suoi[88] cocuzzoli[89] in fila[90], che in vero[91] lo fanno[92] somigliare[93] a una sega[94]: talché non[95] è[96] chi al primo[97] vederlo[98], purché sia[99] di fronte[100], come per esempio[101] di su le mura[102] di Milano[103] che guardano[104] a settentrione[105], non[106] lo discerna[107] tosto[108], a un tal[109] contrassegno[110], in quella[111] lunga[112] e vasta[113] giogaia[114], dagli altri[115] monti[116] di nome[117] più[118] oscuro[119] e di forma[120] più[121] comune[122].

## Proverbi

Questi sono i proverbi impiegati, secondo il Metodo dello Slittamento Proverbiale (MeSliP), per creare il romanzo RP1 a partire dal romanzo naturale RNo qui sopra trascritto, limitatamente al brano iniziale.

Le parole sottolineate e la numerazione del proverbio si riferiscono al testo RNo e alla parola corrispondentemente numerata.

Le parole in **neretto** si riferiscono alle corrispondenti parole numerate del testo RP1 posto a seguire.

1. I promessi a due consorti, non s'illudan, sono già **morti**.
2. Sposi bagnati, sposi **fortunati**.
3. Quel che mangia un solo bue, più non basta se son **due**.
4. Ramo secco senza allori, spetta spesso agli **scrittori**.
5. Al lago s'arriva passando la **riva**.
6. Ciò che a Como scompare, dopo un mese è nel **mare**.
7. Chi volge il capo al compare del tavolo, finirà inviso a color che **giocavano**.
8. A mezzogiorno il can che ha la rabbia, lo si vedrà morsicare la **sabbia**.
9. Se due fori hai nel tinello, usa il secchio ed il **secchiello**.
10. Catene alla donna che sospira di sera, non è l'uso d'oggi ma è l'uso che **era**.
11. Non è modo da avveduto aver fretta e star **seduto**.
12. Se interrotte son le notti e dormire non c'è verso, per due dì bevi vin cotto, dormirai nel giorno **terzo**.
13. Monti in furia o dorma quieto, sarà sempre un mentitore ogni razza di **scrittore**.
14. Tutto taccia, tutto cessi se 'l bugliolo sta nei **pressi**.

15. <u>Seni</u> freschi, fianchi belli: chi sposa la sognava, la fossa si **scavava**.

16. I <u>golfi</u> del mare, se non hai fretta, li puoi scavare con una **paletta**.

17. <u>A seconda</u> del vino bevuto a conforto, se ne sta il poeta più o meno **assorto**.

18. <u>Sporgere</u> il ceffo, protender lo sguardo, la tua statura cresce di un **quarto**.

19. Di <u>rientrare</u> consigliava chi bagnato in barca **stava**.

20. <u>Vien</u> la neve, vien la ghiaccia, dormi pure ch'è tutt'**acqua**.

21. <u>Quasi</u> tutto il grano è perso, quando il campo resta **immerso**.

22. Un <u>tratto</u> di strada seduto a capocchi, perdi la braga, pieghi i **ginocchi**.

23. Chi <u>ristringersi</u> sa solo nelle braci dell'affanno, passa il tempo tutto solo, sol se stesso **contemplando**.

24. Chi <u>prender</u> vuol l'ago, né sa far cuciture, si punge le dita e farà **increspature**.

25. Chi <u>corso</u> ha la vita immerso a sognare, è come il pesce mai uscito dal **mare**.

26. La <u>figura</u> par che durata non abbia, se disegnata è sopra la **sabbia**.

27. Un <u>fiume</u> molto tinto tracima il giorno **quinto**.

28. <u>Promontorio</u> di Venere e ferita d'amore, dà il fiato alla tromba di ogni **scrittore**.

29. Chi con la <u>destra</u> il culo nettava, la man merdace prima o poi si **succhiava**.

30. <u>Ampia</u> il campo seminato ogni fico ch'è **gelato**.

31. <u>Costiera</u> di mare o riva di fiume, non sai quel che era, non sai quel ch'è **ora**.

32. <u>Altra</u> via per rivivere è mettersi a **scrivere**.

33. Chi <u>parte</u> e si ferma, chi grida e arretrava, invano partiva, invano **gridava**.

34. Un <u>ponte</u> ch'è fatto a forma d'anel, sta in piedi per sempre né cade per **quel**.

35. <u>Ivi</u> resti dove è giunto, quei che forza non ha **punto**.

36. Chi si <u>congiunge</u> all'altrui moglie sovente, troverà la propria con pari **assistente**.
37. <u>Due</u> volte non può durare l'armistizio **sociale**.
38. Sulle <u>rive</u> della Drava nessun'anima ci **andava**.
39. <u>Par</u> che i morti sorgan quando, scende un angelo **suonando**.
40. <u>Renda</u> l'aria lieta e bella un'allegra **campanella**.
41. <u>Ancor</u> hanno ai primi albori molti sogni gli **scrittori**.
42. <u>Più</u> paura dimostravano, più fantasmi s'**alzavano**.
43. <u>Sensibile</u> il cuore degli uomini negri, che fan sempre festa, che son sempre **allegri**.
44. <u>Occhio</u> storto, denti rosi, sono i visi più **festosi**.
45. Di <u>questa</u> vita più non godevano, tutti i morti sottoterra che c'**erano**.
46. Se la <u>trasformazione</u> ogni cosa fa tornare, per l'evaporazione anche l'acqua torna al **mare**.
47. Quando i <u>segni</u> d'aiuto non servono a niente, fidati solo di un **salvagente**.
48. <u>Punto</u> stracchi si mostravano, quei che a casa per primi **tornavano**.
49. <u>Lago</u> d'argento, luna furtiva, è già poeta chi sta sulla **riva**.
50. <u>Cessa</u> il vento, i remi togli, va la barca sugli **scogli**.
51. L'<u>Adda</u> in fiume ritrovava, chi da Como lo **guardava**.
52. <u>Ricomincia</u> con le purghe chi si nutre con le **alghe**.
53. <u>Ripigliar</u> bisogna il matto, pria che il danno venga **fatto**.
54. <u>Poi</u> che i soldi sono buoni, non si fanno **osservazioni**.
55. Il <u>nome</u> sapeva chi non lo **chiedeva**.
56. Sul <u>lago</u> non c'è niente che alletti un **assistente**.
57. <u>Dove</u> c'è pane con sale, pure c'è pace **sociale**.
58. Sulle <u>rive</u> del mare parlavano, solo ai pesci che non **rispondevano**.
59. <u>Allontanandosi</u> da gioie e dolori, non si diventa mai più **scrittori**.
60. <u>Nuovo</u> il caso di coloro, sordomuti che cantano in **coro**.

61. Lascian fuori le speranze che avevano, quei che in casa sposati ci **entravano.**
62. Se l'acqua bagna i piedi alla sposa, dopo tre lune lascia la **casa.**
63. Distendersi a terra, conversare coi piti, se vuoi fare il matto, togli anche i **vestiti.**
64. Per rallentarsi i pensieri che aveva, di fumare la canapa e il lino **diceva.**
65. Nuovi pesi sulla mente se hai anche l'**assistente.**
66. Golfi in preda al temporale, è catastrofe **sociale.**
67. Nuovi casi son che vive, ogni uom quando li **scrive.**
68. Seni vizziti i seni **vestiti.**
69. Sulla costiera del mare sbatteva, chi senza voti in mar si **metteva.**
70. Formata una famiglia e una tua schiatta, metti sempre la **giacca.**
71. Nel deposito di ogni contrada, se c'era un avanzo non ci **restava.**
72. Tre volte gradita una linda **camicia.**
73. Grossi guai hanno le arabiche, che si mostran senza **maniche.**
74. I torrenti han l'acque smorte e le piene corte **corte.**
75. Scende il Reno da Coblenza, e ha più d'una **provenienza.**
76. Appoggiata al letto sta, chi è già avanti per **età.**
77. Da due putti scappan **tutti.**
78. Dai monti scendevano e in mar lo **scrivevano.**
79. Contigui tra loro e vicini alla riva, un coro di morti chi pecca **sentiva.**
80. Uno sol che va per mare, dritto al cielo vuol **volare.**
81. Quando un detto è d'origine tosca, lo si conosce da Parigi a **Mosca.**
82. Se a san Martino l'estate si sente, prenota il medico e l'**assistente.**
83. Altro non fare se vuoi fare male, che dare ascolto al brontolio **sociale.**
84. La voce leva chi lo **poteva.**

85. <u>Lombarda</u> è la legna con molti tarli, se è molto vecchia conviene **lasciarli**.
86. Se dal <u>Resegone</u> acqua non ci sarà che coli, in cielo si vedranno non uno ma due **soli**.
87. <u>Molti</u> i mali per chi, a sera, non ha soldi ma ne **aveva**.
88. Dei <u>suoi</u> anni è già all'epilogo, chi pisciar deve a ogni **angolo**.
89. Sui <u>cocuzzoli</u> del tetto fischia il merlo **prediletto**.
90. <u>Fila</u> la lana se hai buona salute, filala sempre fin che c'è **luce**.
91. <u>Vero</u> cortigiano credi, sol colui che cade in **piedi**.
92. <u>Fanno</u> il gioco dell'acedia, quei che vogliono una **sedia**.
93. <u>Somigliare</u> a una latrina l'uomo sol fa la **cucina**.
94. <u>Sega</u> il vilucchio pria che s'attacchi, e con la borra facci dei **tappi**.
95. <u>Non</u> far conto delle vecchie quando son dure d'**orecchie**.
96. <u>È</u> finita la festa, quando è chiusa la **finestra**.
97. <u>Primo</u> segno è il vomito, se troppo alzi il **gomito**.
98. Per <u>vederlo</u> attonito, olio di **gomito**.
99. Tu <u>sia</u> tonto o tu sia scaltro, dopo morto non c'è **altro**.
100. <u>Fronte</u> che spera, febbre di **sera**.
101. Chi un <u>esempio</u> lascia a tutti, lascia solo esempi **scritti**.
102. Quei che le <u>mura</u> sovente salivan, mutili o storpi indietro **venivan**.
103. A <u>Milano</u> non son molti i papaveri **raccolti**.
104. Se <u>guardano</u> storto e sono eretici, nelle parole il miele **metteteci**.
105. A <u>settentrione</u>, delle passioni, non si conoscono neppure i **nomi**.
106. <u>Non</u> assaggio più una mela, padre Adamo in fin **diceva**.
107. Perch'un <u>discerna</u> se un uomo è morente, si mandi il prete con l'**assistente**.

108. <u>Tosto</u> cambia in animale, l'uom che fa vita **sociale**.
109. Se <u>tal</u> volta la vita è beata, non sperare che un'altra sia **data**.
110. Col <u>contrassegno</u> dato dal diavolo, a Giosafatte i malvagi **venivano**.
111. In <u>quella</u> terra che ha molti cipressi, nascon le croci, non nascon le **messi**.
112. <u>Lunga</u> la strada per la bamboccina che cerca invano la sua **cartellina**.
113. <u>Vasta</u> la folla che farà ginnastica, se ci sarà solo cibo di **plastica**.
114. Se alla <u>giogaia</u> sono i buoi scorticati, non vanno presi ma vanno **lasciati**.
115. Gli <u>altri</u> doni non desiati, staran sempre **ammonticchiati**.
116. Se lo <u>monti</u> col collodio, assai presto cede l'**armadio**.
117. Quando il <u>nome</u> han di Livorno, escon la notte, dormono il **giorno**.
118. <u>Più</u> lontan da casa andava, più alla casa sua **pensava**.
119. <u>Oscuro</u> il caso di color che dicevano che essendo morti in vita **tornavano**.
120. <u>Forma</u> un'onda mercuriale se una stella cade in **mare**.
121. <u>Più</u> la folla esulta, più fregata **risulta**.
122. Se <u>comune</u> a tutti è il fato, c'è qualcun che l'ha **pensato**.

# Romanzo proverbiale RP1

## Morti[1] fortunati[2]

Due[3] scrittori[4] in riva[5] al mare[6], giocavano[7] con la sabbia[8] e il secchiello[9]. C'era[10] seduto[11] un terzo[12] scrittore[13] nei pressi[14] che scavava[15] con una paletta[16], e, come assorto[17], un quarto[18] stava[19] nell'acqua[20] immerso[21] fino ai ginocchi[22], contemplando[23] le increspature[24] del mare[25]. Tra la sabbia[26], un quinto[27] scrittore[28] succhiava[29] un gelato[30]. "Ora[31] di scrivere!"[32], gridava[33] a quel[34] punto[35] l'assistente[36] sociale[37] che andava[38] suonando[39] una campanella[40]. Al che gli scrittori[41] si alzavano[42] allegri[43] e festosi[44]. Alcuni che erano[45] in mare[46] con il salvagente[47] tornavano[48] a riva[49], e così pure chi tra gli scogli[50] guardava[51] le alghe[52]. "Avete fatto[53] le osservazioni?"[54], chiedeva[55] l'assistente[56] sociale[57]. "Sì", rispondevano[58] gli scrittori[59] in coro[60]. Poi entravano[61] dentro la casa[62]. "I vestiti!"[63] – diceva[64] l'assistente[65] sociale[66], – non si scrive[67] senza i vestiti"[68]. Qualcuno si metteva[69] la giacca[70], qualcuno restava[71] in camicia[72] o in maniche[73] corte[74], secondo la provenienza[75] e l'età[76]. Poi tutti[77] scrivevano[78]. Non si sentiva[79] volare[80] una mosca[81]. L'assistente[82] sociale[83] poteva[84] lasciarli[85] da soli[86]. Ognuno aveva[87] l'angolo[88] prediletto[89], vicino alla luce[90], o in piedi[91], o su una sedia[92] in cucina[93], o con dei tappi[94] alle orecchie[95], o alla finestra[96], o gomito[97] a gomito[98] con qualcun altro[99]. Verso sera[100] gli scritti[101] venivan[102] raccolti[103]. "Metteteci[104] i nomi[105] – diceva[106] l'assistente[107] sociale[108] – e la data!"[109]. Venivano[110] messi[111] in una cartellina[112] di plastica[113] e lasciati[114] lì ammonticchiati[115] sopra un armadio[116]. Nessuno il giorno[117] dopo ci pensava[118] più, tornavano[119] al mare[120], e non risulta[121] che ci abbia mai più pensato[122] nessuno.

# Bibliografia


Nava Nanozzi C., *Proverbialismi e proverbiosità italiana prima
e dopo l'unità*, Milano 1947.
Coni Eno, *Il diavolo fa i coperchi: 26 mila proverbi*, Miramare
1983.
Van Zaicoz, *Raccolta completa di detti e proverbi d'ogni nazione,
tempo e dialetto*, Vallardi 1929.
Nermo Ann, *Proverbi e motti bergamotti*, Bergamo 1965.
Zico e Zavo, *Modi proverbiali, sentenziosi e massimali*, Padova
1956.
AA.VV., *Abbecedario del proverbio d'ogni clima*, Lodi 1974.
AA.VV., *Piazza universale delle sentenze*, Cipada 1668.
AA.VV., *Dizionario del motto popolare*, Valchiusa 1884.
AA.VV., *Neoproverbialismo d'accento toscano*, Luni 1992.
C.E., *I proverbi nelle periferie e nelle forre* (pross. pubbl.).

# La Biblioteca Oplepiana [*]

**Ruggero Campagnoli**
*Edulcoranti*, con cento tempere,
*Coloranti*, di Totò Radicchio (1990, 1)

**Aldo Spinelli**
*L'uso delle istruzioni*, Rigrafia (1991, 2)

**Giuseppe Varaldo**
*Canto tenero*, Mitografemi (1992, 3)

**Ruggero Campagnoli**
*Deliri edipici*, Sonetti palindromici (1992, 4)

**Piero Falchetta**
*Frammenti in vita*
Combinazioni monorime con commento (1993, 5)

**Ruggero Campagnoli**
*Vocalizzi Zulu*, Sonetti monovocalici latenti,
con una cartella di 5 serigrafie,
*Proiezioni e vocali in ombra*, di Totò Radicchio (1994, 7)

**Elena Addòmine**
*Forme For me*, Traduzioni omografiche (1994, 7)

**Raffaele Aragona**
*La viola del bardo*, Piccolo Omonimario Illustrato (1994, 8)

**Aldo Spinelli**
*Le ripartite*, Rimbalzo statistico (1994, 9)

**Ruggero Campagnoli**
*Sestine per modo di dire*,
Testi locuzionali semiautomatici (1994, 10)

**Sal Kierkia**
(a cura di) *L'isola teletrasportata*, Anagrafie (1996, 11)

**Paolo Albani**
*Geometriche visioni*, L'alfabeto raffigurato (1996, 12)

**Paolo Albani**
*Rose osé*, Lettere rubate (1998, 13)

**Màrius Serra i Roig**
*Turandot espuri*, Solfeix (1998, 14)

**Luca Chiti**
*L'infinito futuro*, Sillabe in crescenza (1999, 15)

**Oplepo**
*Giallo di Anghiari*, Misteri obbligati (1999, 16):
– *Analisi finale*, di Elena Addòmine
– *La disparizión*, di Raffaele Aragona
– *Alloro per loro*, di Brunella Eruli
– *Una parola d'oro*, di Piero Falchetta
– *Numero tredici*, di Sal Kierkia
– *Un caffè per tre*, di Giuseppe Varaldo

**Oplepo**
*Esercizi di stime*, Acronimi elogiativi (2000, 17):
– Elogio dell'*Opera poetica limitante entropiche profondità ombelicali*, di Elena Addòmine
– Elogio dell'*Oscurità poetica laureata esibendo parole oblique*, di Paolo Albani
– Elogio di *Ogni poema lipogrammatico esprimente potenzialità oscurate*, di Raffaele Aragona
– Elogio dell'*Ospedale per lemmi esausti, provati, obesi*, di Alessandra Berardi
– Elogio dell'*Operosa pastorelleria legata, elegantemente poco ortodossa*, di Luca Chiti
– Elogio dell'*Ostinato premere lemmi endecasillabici producenti oleosità*, di Brunella Eruli
– Elogio dell'*Ostracismo politico, legge emarginata, punto O*, di Sal Kierkia
– Elogio dell'*Osar poetare liberamente, evitando penalizzanti ortodossie*, di Maria Sebregondi
– Elogio dell'*Ombra, proiezione labile eppure pressoché onnipresente*, di Giuseppe Varaldo

**Luca Chiti**

*Il centunesimo canto*, Philologica dantesca (2001, 18)


**Paolo Albani**

*Fantasmagorie*, Parole in bianco (2001, 19)


**Giulio Bizzarri**

*Art caveau*, L'invisibile pittura (2001, 20)


**Ermanno Cavazzoni**

*Morti fortunati*, Slittamento proverbiale (2001, 21)


**Oplepo**

*Il doppio*, Due per uno (2004, 22):
- *Doppio senso*, di Alessandra Berardi
- *Double-face*, di Anna Regina Busetto Vicari
- *Il doppio imperfetto*, di Brunella Eruli
- *La scoperta dell'America*, di Domenico D'Oria
- *Duplex*, di Edoardo Sanguineti
- *Lingua doppia*, di Elena Addòmine
- *Il romanzo equivoco*, di Ermanno Cavazzoni
- *Specchio*, di Giulio Bizzarri
- *Senso doppio/doppio senso*, di Giuseppe Varaldo
- *Kamasutra*, di Maria Sebregondi
- *Il punto di vista, anche*, di Paolo Albani
- *Teoremi e assiomi*, di Piergiorgio Odifreddi
- *Raddoppi*, di Raffaele Aragona
- *Doppio doppio*, di Sal Kierkia
- *Doppio*, di Totò Radicchio


**Piergiorgio Odifreddi**

*Riflessi in uno zaffiro orientale*,
Diari minimi di viaggi effimeri (2005, 23)


**Sal Kierkia**

*Preludi*, Tempo obbligato (2005, 24)


(*) I primi 24 fascicoli, riuniti, sono pubblicati ne *La Biblioteca Oplepiana*
(Zanichelli 2005).

**Oplepo**

*A Italo Calvino* (2005, 25)
- *La galleria dei destini incrociati*, di Paolo Albani
- *Rapsodia di fiori in blu*, di Brunella Eruli
- *Permutazioni bibliografiche*, di Domenico D'Oria
- *Lezioni italo-americane*, di Elena Addòmine
- *Alluvione d'aiuole*, di Sal Kierkia
- *Conoscenza della forma*, di Anna Busetto Vicàri
- *Italo Calvino in ottava*, di Giuseppe Varaldo
- *Sulla luna giraffa*, di Maria Sebregondi
- *Paronomàsie*, di Raffaele Aragona

**Oplepo**

*Chimere*, Esercizi funzionari (2206, 26)
- *La Chimera Incapricciata*, di Anna Busetto Vicari
- *La chimera di* Spoon River, di Brunella Eruli
- *Kimerik polito-logico*, di Domenico D'Oria
- *Chimere shakespeariane*, di Elena Addòmine
- *Sonetto della Chimera*, di Edoardo Sanguineti
- *Percorsi per-versi d'una chimera*, Giorgio Weiss
- *Manghiscoli*, di Ermanno Cavazzoni
- *Chimere*, di Giuseppe Varaldo
- *Tradurre, una chimera? PER-QUE-NEAU!*, di Maria Sebregondi
- *Mi illudo*, di Paolo Albani
- *Chimere napoletane*, Raffaele Aragona
- *I cosi così, di* Sal Kierkia

# Cenni sugli autori dei testi

*Cenni sugli autori dei testi*


Elena ADDÒMINE, informatica, si occupa di organizzazioni di strutture aziendali, linguistiche, musicali e familiari. Si è prodotta sinora in strategie per l'innovazione tecnologica, traduzioni omografiche (*Forme for me*, B.O. n. 7, 1994) e in improvvisazioni pianistiche e culinarie, con le quali intrattiene la sua prole. Partecipa all'Oplepo da New York, dove vive e lavora.

Paolo ALBANI, scrittore e poeta visivo, dirige la nuova serie di *Tèchne*, rivista di bizzarrie letterarie e non. Tra le sue pubblicazioni: *Words in progress* (Campanotto, 1992); *Aga magéra difúra*. Dizionario delle lingue immaginarie (Zanichelli, 1994; Les Belles Lettres 2000); *Forse Queneau*. Enciclopedia delle Scienze Anomale (Zanichelli, 1999), *Il corteggiatore e altri racconti* (Campanotto, 2000), *Mirabiblia*. Catalogo ragionato di libri introvabili (Zanichelli 2003) e *Il sosia laterale e altre recensioni* (Edizioni Sylvestre Bonnard, 2003). Nel libro *Le cerniere del colonnello*. Antologia di scritti dell'Istituto di Protesi Letteraria (Ponte alle Grazie, 1991) ha raccolto i testi preoplepiani usciti sulla rivista "il Caffè". Per la "Biblioteca Oplepiana" ha scritto *Geometriche visioni*, L'alfabeto raffigurato (1996), *Rose osé*, Lettere rubate (1998), *Fantasmagorie*, Parole in bianco (2001).

Raffaele ARAGONA, ingegnere, insegna Tecnica delle Costruzioni nella Facoltà di Architettura dell'Università Federico II di Napoli. Pubblicista, scrive di enigmi e di ludolinguistica su "Il Mattino". Membro fondatore dell'Oplepo, è responsabile del Premio "Capri dell'Enigma", nell'àmbito del quale ha curato convegni specialistici e a carattere interdisciplinare, tra i quali, i più recenti, *Il fascino indiscreto dell'omonimia* (1994), *Attenti alla Sfinge!* (1996), *Le vertigini del labirinto* (1998), *La regola è questa* (2000), *Sillabe di Sibilla* (2002), *Il doppio* (2004). È autore di *Una voce poco fa*. Repertorio di vocaboli omonimi della lingua italiana (Zanichelli, 1994). Nella "Biblioteca Oplepiana" (1994) ha pubblicato *La viola del bardo*, Piccolo Omonimario Illustrato. Ha curato la raccolta *Antichi indovinelli napoletani* (Marotta, 1992) e, per le Edizioni Scientifiche Italiane, i volumi *Enigmatica. Per una poietica ludica* (1996), *Le vertigini del labirinto* (2000), *La regola è questa* (2002) e *Sillabe di Sibilla* (2004). Anche a sua cura è il volume *Capri à contrainte* (La Conchiglia, 2000). Ha pubblicato *Oplepiana*. Dizionario di letteratura potenziale (Zanichelli, 2002).

Alessandra Berardi, poetessa, è autrice e interprete di spettacoli comici e per bambini. In breve: Musa Autoispiratrice. Sarda, vive a Bologna. È fra gli autori del programma di Raidue *L'albero azzurro*. Dal 1988 partecipa a rassegne di teatro, poesia e musica. Ha pubblicato, col gruppo Bufala Cosmica, *Rime tempestose* (Sperling & Kupfer, 1992). Dal 1990 fa parte di *Riso Rosa*, progetto teatrale di comicità femminile; con Daniela Rossi ha curato *Ragazze, non fate versi!* (Zona, 1999). Ha collaborato con varie testate, come *Linus, Comix, L'Unità, Il Domani*. Tiene laboratori di poesia per ragazzi; ha pubblicato il libro *Patate su Marte* (d'if, 2002). Sue poesie, racconti e canzoni si trovano in CD, video, riviste e antologie, tra cui *Doppio sogno* (di Emilio Galante, Scatola Sonora, 1996), *Sfiga all'Ok Corral* (Golem, a cura di S. Bartezzaghi, Einaudi, 1998) e *Oplepiana* (a cura di R. Aragona, Zanichelli, 2002). Da qualche anno collabora attivamente con il compositore Battista Giordano.

Giulio Bizzarri, ha collaborato dal '71 al '73 alla rivista letteraria "il Caffè", curando una rubrica di *ready-made* linguistici. Dal 1980 è *copywriter* e direttore creativo di un'agenzia del gruppo BBDO. Ha pubblicato per Feltrinelli i due volumi *Vedute nel paesaggio* e *Scritture nel paesaggio* e, per le edizioni Essegi, *Giardini in Europa*. Nel 1989 ha fondato, con Gianfranco Gasparini, l'Università del Progetto di Reggio Emilia. Nel 1991, ha pubblicato le *Poesie terapeutiche*, vendute in libreria in più di 400.000 copie e per Comix *Pubblicità magari*. Nel 1990 ha ricevuto l'oro dall'Art Director's Club. Nel 2000 ha presentato, con la mostra *Advertaintment* alla Triennale di Milano, le ultime "pubblicità magari". È autore di *Art caveau. L'invisibile pittura* (B.O. n. 20, 2001).

Anna Busetto Vicàri, fondatrice dell'Archivio e Centro Studi "il Caffè", la rivista letteraria di Giambattista Vicàri, del quale ha curato il carteggio con Ezra Pound in *Il fare aperto. Lettere 1939-1971* (Archinto, 2000); è autrice del libro *Solo di rose* (Raffaelli, 2003).

Ermanno Cavazzoni, scrittore, insegna al Dipartimento di Filosofia dell'Università di Bologna. È autore de *Il poema dei lunatici* (Bollati Boringhieri, 1987), cui si è ispirato Federico Fellini per il film *La voce della luna*, de *Le tentazioni di Girolamo* (Bollati Boringhieri, 1991), di una serie di "traduzioni infedeli", all'interno di *Le leggende dei Santi* di Jacopo da Varagine (Bollati Boringhieri, 1993) e di *Vite brevi di idioti* (Feltrinelli, 1994). *I sette cuori* (Bollati Boringhieri, 1992) contiene sette divertenti variazioni, decisamente oplepiane, del deamicisiano "Sangue romagnolo". I suoi libri più recenti sono

*Cirenaica* (Einaudi, 1999) e *Gli scrittori inutili* (Feltrinelli, 2002). Ha introdotto edizioni dell'Ariosto e del Pulci; è tra gli ideatori della rivista *Il Semplice*.

Luca CHITI (1943–2003), laureatosi in Letteratura italiana moderna e contemporanea a Pisa, si è occupato delle avanguardie del primo Novecento con particolare interesse per le riviste fiorentine, pubblicando articoli su "Filologia e letteratura" e curando per l'Editore Loescher il volume *Cultura e politica nelle riviste fiorentine del primo '900* (1972). Nel 1973 ha curato la maggior parte delle voci degli autori del Novecento per il *Dai* (Dizionario degli autori italiani) dell'Editore D'Anna. Suoi testi poetici sono apparsi in "Arte e Poesia" e su "Quasi". Nel 1972 è uscita la sua raccolta di liriche *Il viaggio all'Oriente* nel volume *Poesie* (Ed. Manzuoli). È autore de *L'Infinito futuro*, Sillabe in crescenza (B.O. n. 15, 1999) e de *Il centunesimo canto*, Philologica dantesca (B.O. n. 18, 2001).

Domenico D'ORIA, docente di Lingua e letteratura francese all'Università di Bari, è cultore entusiasta di esercizi oulipiani. È studioso dei problemi di ideologia nei dizionari e dei problemi teorici e pratici della traduzione. Ha dedicato molta attenzione ai *Jeux de mots* di François Georges Maréschal, marchese di Bièvre. Membro fondatore e Segretario dell'Oplepo, dirige l'*Alliance Française* di Bari.

Brunella ERULI, ordinaria di Letteratura francese all'Università di Siena, interessata ai problemi di arte contemporanea e delle avanguardie, ha pubblicato, oltre a vari saggi dedicati alla letteratura francese, *Jarry, i mostri dell'immagine* (Pacini, 1982), *Percorsi dell'avanguardia* (Pacini, 1992). Ha curato l'edizione dei volumi *Attenzione al potenziale! Il gioco della letteratura* (Nardi, 1994) e *L'obiettivo e la parola* (Slatkine-ETS, 1996). Autrice di vari scritti sul teatro, è caporedattore di "Puck, la marionette et les autres arts", la rivista internazionale del teatro di figura. Fa parte del consiglio di redazione della "Rivista di letterature moderne e comparate".

Piero FALCHETTA, bibliotecario alla Marciana di Venezia e storico della cartografia, ha sempre giocato con serietà in compagnia della letteratura. Da *Oculus pudens*, un volume sulla poesia di Andrea Zanzotto (Francisci, 1983), alla traduzione del romanzo lipogrammatico di Georges Perec *La disparition* (*La scomparsa*, Guida editori, 1995), ha coltivato con continuità i rapporti con quelle opere che sono generalmente, per qualche verso, considerate "difficili", sperando così, prima di ogni altra cosa, di renderle comprensibili, se non altro a sé stesso. Collabora a numerose riviste italiane e straniere. È autore di *Frammenti in vita*, Combinazioni monorime con commento (B.O. n. 5, 1993).

Sal Kɪᴇʀᴋɪᴀ (trascrizione abbreviata di Salvatore Chierchia), studente facoltativo di lungo córso e impropriamente ricercatore in proprio, ha avuto la sorte di rinvenire, durante migrazioni da vero "chierico vagante" fuori tempo, uno sconcertante latercolo nella lingua degli Incas. Esperto e appassionato di enigmi, di poesia artificiosa e di ludolinguistica, saltuario collaboratore bilingue della fortunosa rivista "il Caffè", è autore di preziose rubriche sulla rivista "Il Labirinto". A sua cura, la "Biblioteca Oplepiana" ha pubblicato (1996) *L'isola teletrasportata*, Anagrafie. È l'autore di *Preludi*, Tempo obbligato (B.O. n. 24, 2005).

Piergiorgio Oᴅɪғʀᴇᴅᴅɪ, ha studiato matematica in Italia, negli Stati Uniti e in Unione Sovietica, e insegna Logica presso le Università di Torino e Cornell (USA). Fra le sue pubblicazioni *Classical Recursion Theory* (North Holland, 1989 e 1999), *Il Vangelo secondo la Scienza* (Einaudi, 1999), *La matematica del Novecento* (Einaudi, 2000), *Il Computer di Dio* (Cortina, 2000), *C'era una volta un paradosso. Storie di illusioni e verità rovesciate* (Einaudi, 2001), *Il diavolo in cattedra. La logica da Aristotele a Godel* (Einaudi, 2003), *Le menzogne di Ulisse* (Longanesi, 2004), *Penna, pennello e bacchetta. Le tre invidie del matematico* (Laterza, 2005). Collabora con giornali, radio e televisione. Nel 1998 l'Unione Matematica Italiana gli ha assegnato il Premio "Galileo".

Totò Rᴀᴅɪᴄᴄʜɪᴏ, architetto, docente alla Facoltà di Architettura di Venezia, vive a Bari. È autore dell'opera di pittura potenziale *Coloranti* (da *Edulcoranti*), liberamente tratta dalle cento stringhe di Campagnoli, delle quali riprende in chiave pittorica (geometrica e cromatica) le costrizioni permutazionali (uno dei suoi cento elementi è riportato nella copertina di *Oplepiana*). È anche autore di *Vocali*, altra opera che traduce pittoricamente la costrizione legata ai cinque sonetti omoconsonantici di Ruggero Campagnoli (*Vocalizzi Zulu*, B. O. n. 6, 1994).

Edoardo Sᴀɴɢᴜɪɴᴇᴛɪ, poeta, ha insegnato Letteratura italiana all'Università di Genova, sua città natale. Il suo nome è legato all'avanguardia, non solo letteraria, ma anche musicale, pittorica e teatrale. Le sue poesie sono raccolte da Feltrinelli in *Segnalibro* (1982), *Bisbidis* (1987), *Senza titolo* (1992), *Corollario* (1997) ed in *Novissimum Testamentum* (Nanni, 1986): in molte di esse è rimescolato il senso tragico, comico, onirico, grottesco, epigrammatico ed enigmistico con quei modi di capriccio e gioco, che caratterizzano anche la scrittura del Sanguineti narratore (*Capriccio italiano* e *Il giuoco dell'oca*, Feltrinelli, 1963 e 1987). *L'Alfabeto apocalittico*, 21 ottave scritte per la grande *Apocalisse* di Enrico Baj, fu letto dall'autore nel 1982 in forma teatralizzata con il volantinaggio dei singoli testi, dalla A alla Z, su foglietti variamente colorati, simili ai vecchi pianeti della fortuna. Autore oplepiano *ante litteram*, ha ricevuto nel 1998 il Premio "Capri dell'Enigma" – sezione arte e letteratura; nello stesso anno è entrato a far parte dell'Oplepo, del quale è oggi Presidente. *Il chierico organico* (Feltrinelli, 2000) è il titolo di una raccolta di suoi saggi.

Maria SEBREGONDI, consulente di comunicazione e di concept di prodotto, lavora con la scrittura in diverse aree: copywriting e comunicazione, editoria e traduzione letteraria, stampa periodica. Dall'attività professionale sono nate diverse esperienze didattiche presso Università pubbliche e private (corsi e seminari di scrittura e comunicazione, traduzione letteraria, formazione per creativi). Dal 2000, insegna *Percezione del linguaggio* all'Università dell'Immagine, Milano. Tra le sue pubblicazioni: *Etimologiario* (Longanesi, 1988; Greco&Greco, 2003), piccolo dizionario di etimologie inventate; la collana *Doppiogioco* (Giunti), storie in versi per bambini; *Smentimenti*, raccolta di racconti (Greco&Greco, 2000). Appassionata di traduzione di testi *à contrainte*, in versi e in prosa, ha tradotto Queneau (*Quercia e cane*, Il melangolo, 1995; *Centomila miliardi di baci*, Archinto, 1997), Perec (*Ellis Island. Storie di erranza e di speranza*, Archinto, 1996), Picabia, Coleridge, Nabokov. Dal 1996 fa parte di Oplepo. Firma la rubrica *Tecnica mista* su *Alias*, supplemento culturale de *Il Manifesto*. Vive prevalentemente a Milano.

Màrius SERRA, scrittore catalano, è nato e vive a Barcellona. Ha pubblicato vari volumi di racconti, tra i quali *Línia* (1987), *Contagi* (1992) e di novelle come *L'home del sac* (1990) e *Mon oncle* (1996). Giornalista, scrive su "La Vanguardia" e su l'"Avui" di Barcellona. Nel suo volume, *La vida normal* (Edicions Proa, Barcelona, 1998) si ripromette di trasformare la sua esperienza di scrittore in materia letteraria. È primo membro straniero dell'Oplepo, per il quale ha scritto *Turandot espuri*, Solfeix, fascicolo (B.O. n. 14, 1998). Sue opere più recenti sono *AblanatalbA* (Edicions 62, 1999) e *Verbalia* uscito contemporaneamente (Barcelona, 2001) nella versione catalana (Editorial Empúries) e castigliana (Editorial Península).

Aldo SPINELLI, pittore, giocologo, è membro corrispondente dell'Oupeinpo. Autore di varie pubblicazioni, ha firmato due fascicoli della "Biblioteca Oplepiana": *L'uso delle istruzioni* e *Le ripartite*. Il suo *Scarabeo d'oro* (1975-1980) è un gomitolo di lana colorata con scrittura in codice. Ha partecipato a numerose mostre collettive e sono molte le sue "personali" (Milano, Genova, Roma, Amsterdam, Oberhausen, Nizza, Gelsenkirchen); in occasione di una sua mostra, dal titolo *Falso Spinelli: un'arte un po' vera* (Genova, 2002), ha presentato il suo *Abbecediario*, diario di viaggio di una persona qualsiasi, che raccoglie in testi lipogrammatici le 21 lettere dell'alfabeto italiano. Un suo recente volume *e* (Marco Polillo Editore, Milano, 2001) costituisce un'eterodossa enciclopedia che ha per protagonista questa vocale.

Giuseppe VARALDO, medico, si interessa di enigmistica e di poesia ludica. È autore di *All'alba Shahrazad andrà ammazzata* (Vallardi, 1993). Il suo *Canto tenero* (B.O. n. 3, 1992) è il primo esempio di «mitografemi».